KB199944

꽃은
오래 머물지 않아서
아름답다

꽃은 오래 머물지 않아서 아름답다

이생문 외 지음 | 나태주 해설

(사)한국시인협회 | 한국노인종합복지관협회 편

문학세계사

□ 서문

노년의 시어詩語로 그려낸 인생의 풍경
—제2회 짧은 시 공모전 작품을 읽고

(사)한국시인협회와 한국노인종합복지관협회가 공동 주최하고 문학세계사가 주관한 '제2회 짧은 시 공모전'에는 전국 각지와 해외에서 65세부터 100세까지 다양한 연령대의 시니어들이 참여했습니다. 이번 공모전에는 총 8,500여 편의 작품이 접수되었으며, 그중 107편이 예심을 통과했습니다.

응모 방식도 매우 다양했습니다. 손으로 직접 그린 아기자기한 그림과 함께 엽서에 시를 적어 보내신 분부터 커다란 화선지에 달필의 붓글씨로 정성껏 적어 보내신 분까지 있었습니다. 한 권의 시집 분량을 한꺼번에 투고하신 분도 계셨습니다. 특히 전국의 복지관에서는 담당자들이 어르신들의 작품을 취합하여 3편에서 많게는 92편까지 단체로 응모하기도 했습니다.

참여 지역 또한 광범위했습니다. 대한민국 최북단인 강원도 고성부터 최남단인 제주도까지, 그리고 미국과 일본 등 해외에 거주하는 교민들까지 참여하여 글로벌한 규모의 공모전으로 발전했습니다.

예심을 통과한 107편의 작품들은 시니어들의 풍부한 삶의 경험과 깊이 있는 통찰, 그리고 인생의 온도가 고스란히 담겨 있어 문학적 가치가 뛰어난 작품들이었습니다.

본심 심사를 맡은 김종해, 나태주, 김수복 세 심사위원은 작품들을 읽어 내려가며 노인들의 삶의 결을 느낄 수 있었고, 그 안에 담긴 애틋함과 유머, 깊은 성찰을 마주할 수 있었습니다.

특히 이번 심사는 공정성을 위해 모든 작품이 제목, 나이, 시 본문만 프린트된 원고로 제공되어 철저한 블라인드 심사로 진행되었습니다. 응모자의 이름과 주소를 가린 채 오직 작품의 문학성만으로 평가한 결과, 예상치 못한 이변도 있었습니다. 몇몇 유명 기성 시인들의 작품이 예심은 통과했으나 본심에서 탈락하는 결과가 나왔습니다. 이는 명성이나 경력과 관계없이 오직 작품 자체의 가치만을 중시한 심사 방식이 빚어낸 결과로, 공모전의 공정성과 신뢰도를 높이는 계기가 되었습니다.

시간을 초월한 정서의 깊이

본심에 오른 작품들을 살펴보면 시간의 흐름에 따른 정서의 깊이가 두드러집니다. 이생문(73세)의 「저녁노을」은 "저렇게 지는 거였구나/한세상 뜨겁게 불태우다/금빛으로 저무는 거였구나"라는 단 세 줄로 인생의 황혼기를 노을에 비유하며 담담하지만 깊은 여운을 남깁니다. 자신의 삶을 객관화하여 바라보는 시선은 노년의 지혜를 고스란히 담고 있습니다. 본심에서 대상으로 선정된 이 작품은 인생의 황혼을 아름다운 노을에 비유하는 시적 상상력이 돋보입니다.

부재와 그리움의 정서

김명자(85세)의 「찔레꽃 어머니」는 "오월이면/하얗게 핀 찔레꽃/어머니가 거기 서 있는 것 같다"로 시작하여 "엄마는 왜 맨날 수건을 쓰고 있었을까/묻고 싶었지만/찔레꽃 향기만 쏟아진다"로 마무리되는 구절에서 어머니의 부재와 그리움을 찔레꽃이라는 자연물을 통해 섬세하게 표현했습니다. 질문은 남아 있으나 대답은 없는 상황, 그러나 그 빈자리를 꽃향기가 채우는 모습은 상실의 아픔을 승화시키는 시적 상상력을 보여줍니다. 이 작품은 최우수상을 수상했습니다.

다음은 우수상 수상 작품입니다.

현금옥(90세)의 「영감 생각」은 "젊어서 그렇게 애를 먹이던/영감 때문에/철교에서 몇 번이나 뛰어내릴라 캐도/자식들 눈에 밟혀 못했다"로 시작해 "그래도 어제 요양 병원에 가서/영감한테 뽀뽀했더니/영감이 울었다"로 마무리되는 인생의 변화를 사투리의 정서적 친밀감과 함께 담백하게 표현했습니다. 이처럼 긴 시간을 압축적으로 표현하는 능력은 시니어 시인들만의 강점이라 할 수 있습니다.

양향숙(65세)의 「동창 모임」은 "한 친구가 소풍을 떠나/이 빠진 것처럼 빈자리가 생겼다/임플란트로도 틀니로도/채울 수 없는 빈자리"라는 짧은 구절로 친구의 죽음을 '소풍'이라는 완곡한 표현과 '이 빠진 빈자리'라는 일상적 비유로 표현하여 상실의 슬픔에 새로운 이미지를 부여합니다.

정남순(77세)의 「무슨 소용 있나」는 "고기는 있는데 치아가 없다/시간은 있는데 약속이 없다/자식은 있는데 내 곁에 없다/추억은 있는데 기억이 없다"라는 구절을 통해 노년의 역설적 상황을 압축적으로 표현했습니다. 노년의 결핍을 단순 나열하는 듯한 표현 속에서도 삶의 아이러니를 날카롭게 포착한 시선이 돋보입니다.

김화선(88세)의 「꿈」은 "날마다 꿈을 꾸었다/비행기 폭격 온다꼬/책상 아래 숨으라꼬/피난 가라꼬//90살 되니/그 꿈 안 꾼다"라는 구절에서 전쟁의 상처가 깊은 세대의 트라우마와 그것이 마침내 해소되는 과정을 시간의 경과를 통해 표현했습니다. 사투리와 간결한 표현으로 전쟁의 상처와 치유를 압축적으로 담아낸 점이 인상적입니다.

김맹환(70세)의 「마음」은 “당신을 혼자 보낸다고/당신이 혼자인 건 아니지요/내가 혼자 남았다고/내가 혼자인 건 아니지요/그곳에 내 마음이 있고/이곳에 당신 마음이 있으니까요”라는 구절에서 배우자와의 이별 후에도 지속되는 정신적 유대를 아름답게 표현했습니다. 삶과 죽음의 경계를 초월하는 사랑의 깊이를 섬세하게 담아낸 작품입니다.

한상준(68세)의 「후회」는 “저녁 먹고 가렴/자고 가지 그러니/십수 년 전 내가 그랬듯/오늘 아들 내외는/저녁밥도 자고 가지도 않았다/산으로 가신 어머니께 너무 죄송스럽다”라는 구절에서 세대 간 반복되는 패턴과 뒤늦은 깨달음의 아픔을 담아냈습니다. 단순한 일상 속에 깊은 후회와 그리움을 담아낸 시적 진정성이 돋보입니다.

전형수(77세)의 「거짓말」은 “문안 전화 받으면서/나는 잘 있다/느그나 잘 있거라//수화기 내려놓으면서 아이고 죽겄다”라는 구절에서 노년의 외로움과 자식들에게 짐이 되지 않으려는 부모의 마음이 사투리의 친근함과 함께 절실하게 표현되었습니다. 짧은 네 줄로 노년의 진실과 애틋함을 포착한 작품입니다.

김용훈(73세)의 「봄꽃」은 "필 때는 저마다 더디 오더니/질 때는 하르르 몰려가더라"라는 단 두 줄로 삶과 죽음, 시간의 흐름에 대한 깊은 통찰을 담아냈습니다.

박인숙(74세)의 「간격」은 나태주의 '꽃'을 패러디한 작품으로, "자세히 보지 마세요/오래 보지 마세요/자세히 보면 주름투성이/오래 보면 약점투성이"로 시작해 "우리 사이는/적당한 간격으로 인해/편안하지요"로 마무리되며, 노년의 관계성에 대한 지혜를 담고 있습니다. 이처럼 기존 작품을 패러디하면서도 노년의 관점으로 새롭게 해석한 점이 참신합니다.

인생에 대한 통찰

조규원(100세)의 「살아 보니」는 "70세 살아 보니/배운 놈이나, 못 배운 놈이나/80세 살아 보니/있는 놈이나, 없는 놈이나"로 시작해 "100세 살아 보니/요양 병원에 있는 놈이나, 공원묘지에 있는 놈이나"로 마무리되는 구절에서 인생의 궁극적 평등함을 담담하게 표현합니다. 100세 노인의 시선으로 바라본 인생의 통찰은 단순한 언어 속에 깊은 철학을 담고 있습니다.

결론: 짧은 시, 깊은 울림

이번 공모전의 수상작들은 짧게는 두 줄에서 길게는 열 줄 남짓한 시들이지만, 그 안에 담긴 삶의 깊이와 정서적 울림은 결코 짧지 않습니다. 다양한 연령층과 지역에서 참여한 시인들의 작품들은 한국 시니어 문학의 깊이와 다채로움을 보여줍니다. 특히 일상의 소소한 경험들을 문학적으로 승화시키는 능력, 유머와 지혜를 통해 노년의 어려움을 초월하는 정신적 탄력성, 그리고 짧은 형식 속에서도 깊은 울림을 전달하는 응축의 미학이 돋보였습니다.

시니어들의 시는 단순한 개인적 기록을 넘어, 우리 사회가 간과하기 쉬운 노년의 섬세한 정서와 지혜를 담아내는 중요한 문화적 자산입니다. 이번 공모전을 통해 발굴된 작품들은 노년의 시선으로 세상을 바라보는 새로운 관점을 제시하며, 세대를 초월한 공감과 소통의 가능성을 보여줍니다. 시니어 문학의 가능성은 무한하며, 앞으로도 더 많은 시니어들이 자신의 삶과 감정을 문학으로 표현할 수 있기를 기대합니다.

심사위원: 김종해, 나태주, 김수복(글)

□ 차례

2부
추억은 있는데 기억이 없다

3부
필 때는 저마다 더디 오더니

4부
꽃은 오래 머물지 않아서 아름답다

PART 1
영감한테 뽀뽀했더니 영감이 울었다

〈대상〉

이생문 · 73세 · 경기도 화성시 반월동

저녁노을

저렇게 지는 거였구나
한세상 뜨겁게 불태우다
금빛으로 저무는 거였구나

〈우수상〉

현금옥 · 90세 · 경상북도 고령군 대가야읍

영감 생각

젊어서 그렇게 애를 먹이던
영감 때문에
철교에서 몇 번이나 뛰어내릴라 캐도
자식들 눈에 밟혀 못했다

그래도 어제 요양 병원에 가서
영감한테 뽀뽀했더니
영감이 울었다

〈우수상〉

김맹환 · 70세 · 경상북도 경주시 시래동

마음

당신을 혼자 보낸다고
당신이 혼자인 건 아니지요

내가 혼자 남았다고
내가 혼자인 건 아니지요

그곳에 내 마음이 있고

이곳에 당신 마음이 있으니까요

김대겸 · 79세 · 전라북도 김제시 검산동

발자국

새도
발자국을 남긴다

세상에 남길
내 발자국이 두렵다

박덕현 · 65세 · 강원도 화천군 화천읍

미안하다 말하면 사랑한다로 듣지요

한 발 나아가서 여보 고마워요
한 발 물러서서 여보 미안해요

고맙다 말하면 더 고마워하고
미안하다 말하면 사랑한다로 듣지요

신명숙 · 70세 · 서울시 광진구 광장동

맙소사

햄버거 하나 먹고 싶단 말에
뛰어나간 남편

한참 후에 돌아와
현관문을 발로 찬다

양손에 햄버거 콜라 한 보따리씩

키오스크 덕분이라고

박성림 · 70세 · 서울시 강서구 화곡동

까만 똥

여보,
똥 색깔이 까맣다.
병원에 가볼까?

당신,
생신 축하한다고
엊저녁에 낙지 전골 먹물 탕에
볶음밥 드셨잖아요!

박부경 · 78세 · 경기도 양평군 양서면

바람 부는 섬

할매와 할배 등 돌리고 앉아 봄볕을 캔다

빈 바구니에 보리죽 한 그릇 온 식구 갈라먹던
풀뿌리 같은 시절 구구절절 캐서 담고
다방 레지랑 눈이 맞은 꽃바람
콕콕 콕 콕 콕 호미로 쪼아댄다

해묵은 시집살이
맨날 월세 독촉에 피가 마르던 셋방살이
드라마 줄거리 엮듯
들추고 또 들추며 울다가 웃다가
한평생 같은 하루가 저문다

강주식 · 68세 · 경기도 양주시 회정동

겸손

굳이 겸손하려 애쓰지 마라.
나이 들면
허리가 알아서 숙여진다.

성복순 · 69세 · 부산시 동래구 온천동

경로 우대증

남들이 공짜로 다닐 때
몹시
부럽기도 했는데

막상 내 차례 되고 나니
반납하고 싶은
경로 우대증

권금옥 · 85세 · 제주도 서귀포시 대정읍

봄맛

장날
봄나물을 사왔다
달래 냉이 머위
양념장에 상큼하게 무쳐
밥상에 내놓으니
봄맛이라고
다들 입가에
봄을 묻히고 먹었다.

송대현 · 73세 · 인천시 미추홀구 학익동

그리운 손길

“아니, 그래 그쪽
조금 더 위로
조금 옆으로
아니 조금 아래
그래, 거기”

모로 돌아누운 허연 등에
벅벅 긁은 손톱자국이 벌겋다

세상에서 가장 고마웠던
할멈 손길

김수동 · 69세 · 경기도 과천시 원문동

침묵

이긴다

말 많은 사람에게
이긴다

수다 떠는 사람에게
이긴다

서정만 · 89세 · 경상남도 진주시 명석면

칭구

핵꾜 칭구가
늘거서 핵꾜를 또 가자한다
따라 댕기니
운동하자 밥묵자
선상님같다
칭구가 있는 핵꾜에 오니
참 좋다.

박정서 · 76세 · 대전시 서구 내동

장닭

동이 트면
남편 입이 바빠져요
신문 줘요 커피 줘요 TV 켜 줘요
그래도 괜찮아요
고향의 장닭처럼
우렁차게 울어 줘요

김현구 · 71세 · 경기도 수원시 영통구 매탄동

처음 가는 길

어머니가 먼저 가셨던 길은
모든 걸 알고 가신 줄 알았습니다

내가 어머니의 나이 되어 보니
그 길은 외로움이 가득하였고
처음 가는 길이었습니다

김지도 · 85세 · 서울시 강북구 미아동

틈

나이 들면,

바람 많은

제주도의 돌담처럼

틈이 있어야 한다

그래야

속 터지지 않는다

그래야

넘어지지 않는다

이정식 · 84세 · 서울시 강남구 삼성동

칭찬

그 얼굴이 그 얼굴인데
거울 앞에 선 아내에게

"오늘은 꽃처럼 곱네"
넌지시 한마디 건넸더니

금시 아내 얼굴이 꽃처럼 환해졌네

김부조 · 67세 · 서울시 도봉구 창동

극과 극

눈감는 것과
눈을 감는 것은
다르다

듣는 것과
들어 주는 것은
다르다

변묘숙 · 68세 · 울산시 울주군 서생면

세상에서 제일 맛있는 커피

세상에서 제일 맛있는 커피는
박○○ 씨인
남편이 내려주는 스타박씨 커피다.
정성껏 커피를 내리는 동안
따뜻한 사랑도 듬뿍 담았을
스타박씨 커피
어제 먹다 남긴 바싹 마른 빵조각마저 맛있게 만든다.

PART 2
추억은 있는데 기억이 없다

〈최우수상〉

김명자 · 85세 · 제주도 서귀포시 대정읍

찔레꽃 어머니

오월이면
하얗게 핀 찔레꽃
어머니가 거기 서 있는 것 같다
엄마하고 불러보지만
대답 대신 하얗게 웃는다
언제나 머리에 쓰던 하얀 수건
엄마는 왜 맨날 수건을 쓰고 있었을까
묻고 싶었지만
찔레꽃 향기만 쏟아진다

〈우수상〉

정남순 · 77세 · 경기도 김포시 구래동

무슨 소용 있나

고기는 있는데 치아가 없다

시간은 있는데 약속이 없다

자식은 있는데 내 곁에 없다

추억은 있는데 기억이 없다

〈우수상〉

전형수 · 77세 · 경상남도 김해시 관동동

거짓말

문안 전화 받으면서
나는 잘 있다
느그나 잘 있거라

수화기 내려놓으면서 아이고 죽것다

김태황 · 74세 · 경상남도 함안군 칠원읍

알츠하이머

약의 부작용으로 우울해진다는
오랜 벗을 만난다.
병어조림 한 접시에 소주 한 병을
다 먹지 못하고 일어선다. 우린 오늘 왠지 쓸쓸하다.
종로3가 익선동 뒷골목
주저앉은 한옥에서
잠시 그 시절 소환해 보지만

먹다 남긴 술잔, 슬픔만 가득 담아온다.

김점분 · 79세 · 경기도 부천시 원미구 중동

첫사랑

나란히 걸었지만
손 한번 못 잡았고
까맣게 가슴 타던
첫사랑이
나도 있었다.

김원길 · 82세 · 경상북도 안동시 신세동

나가기

세상을 원망 말자.

단톡방을 나가듯
나가면 된다.

다음 정거장에서 내리면 된다.

박이영 · 67세 · 서울시 노원구 공릉동

이명

악보가 없는 나의 노래
외롭지 말라고 같이 울어주는
나만 아는 나의 동반자

비가 오나 눈이 오나 한결같다

한덕순 · 77세 · 경기도 양평군 용문면

뒷모습

돈을 빌리러 갔다
거절당하고 돌아선 뒤통수가 화끈거렸다

스치는 바람에
몸을 숨기고 싶었다

그날

방문 앞에서
대문 밖까지는
지평선이었다

박옥순 · 82세 · 제주도 서귀포시 대정읍

벌초

추석이 다가오자
친정아버지 무덤에 벌초하러 간다
고사리, 억새, 가시덤불만 보였다
낫으로 잡풀을 베어낸다
그제야 아버지 얼굴이 조금씩 보였다
없던 살림에도 계란찜 해서 주시던 아버지
벌초를 하면서 맛있게 먹었다
풀을 다 베고 나니
아버지 얼굴이 환하게 빛났다

이해선 · 90세 · 경상남도 진주시 상봉동

빨리 나아요

당신이 아프다 하니
참 마음이 안 좋네요.
학생 신랑 만나
공부 뒷바라지하고
자식을 8명이나 낳아 키운
고마운 당신
우리 나이 90이 넘었지만
죽는 날까지
손잡고 건강하게 지냅시다.

빨리 나아요.

유임순 · 73세 · 서울시 영등포구 당산동

불공평

내 집은 제멋대로
드나들면서

즈덜 집은
꼭 연락하고 오라네

자식 농사 밑졌다

김연이 · 71세 · 대구시 달성군 유가읍

시방 간데이*

너거들 꼬치 부각* 맹그러 가꼬*
쌈짝* 모티*에 냅두고 간데이.
마카다 무거레이*
쪼매마 무겄나?*
맛대가리 이뜨나?*
내사 마* 맛대가리 없다케도
우짤끼고 무거야제*
그거 꾸정물에 내뻘끼가?*
맹글면서 욕봤는데*……

* 경상도 방언 풀이:

시방 간데이: 지금 간다. 꼬치 부각: 고추 부각(고추를 튀긴 전라도 지방의 음식). 맹그러 가꼬: 만들어서. 쌈짝: 부엌 찬장. 모티: 모퉁이. 마카다 무거레이: 모두 먹어라, 전부 다 먹어라. 쪼매마 무것나?: 조금밖에 없는데 먹겠나? 맛대가리 이뜨나?: 맛이 있겠나? 내사마: 내가 보기에, 내 생각에는. 우짤끼고 무거야제: 어쩌겠나, 그래도 먹어야지. 꾸정물에 내뻴끼가?: 구정물에 버릴 거냐? 맨들면서 욕봤는데: 만들면서 고생했는데.

안덕례 · 66세 · 경기도 광주시 양벌동

아버지 그리고 갈대

아버지 무덤가에서 꺾어 온
갈대 한 묶음
둥그런 항아리에 담아
거실 한 켠에 놓아두었다

어쩌다 마음이 심란할 때면
갈댓잎 폴폴 내 앞으로 날아와
흔들리지 마라
흔들리지 마
쭈뼛이 고개 들고
나를 보는 듯

김혜자 · 73세 · 경기도 용인시 기흥구 신갈동

준비

너무 많이 먹지 말라고 이가 빠지나 보다

너무 많이 듣지 말라고 귀가 어두워지나 보다

너무 자세히 보지 말라고 백내장도 왔겠지

하기야 자꾸 덜어내야 가벼이 가겠지

김찬옥 · 67세 · 서울시 서대문구 연희동

문간

좁히면 좁힐수록
틈에 낀 사랑은 숨이 막혔다

서로를 향해 머리 숙일 때
둘 사이에 여백이 생겼다

아랫도리만 비운 것뿐인데
문이 열리고 해가 들어앉았다

당신이 세 보쯤 비켜선 지금이 참 좋다
내가 다섯 보쯤 물러선 오늘이 아주 편하다

몇 발짝 물러서는 데 참 오랜 시간이 걸렸다

딱한 사랑이, 딱 한 사랑으로 변할 수 있었다

김인식 · 70세 · 인천시 미추홀구 주안동

배고프지 않아요, 어머니

'애덜이 배고프다고 울구 난리여
얼릉 가서 밥만 해주구 오께'

어머니는 하루에도 열두 번씩 문밖으로 나갑니다
씨름하듯 눌러 앉히는 칠순 넘은 아들
'엄마 나, 배 안 고파'

그렁한 어머니 눈엔
오직
배고픈 어린 자식들로 가득합니다

이주석 · 69세 · 부산시 동래구 안락동

인생 동반자

당신 손 맞잡고
구름 덮인 저 아득한 산 오늘도 오른다
당신이 끌어주고 내가 밀어주며 쉬엄쉬엄
내가 끌어주고 당신이 밀어주며 느릿느릿
도중에 손 놓고 하산할 요량으로 주저앉기도 했지만
저 아득한 산 팔부 능선까지 올라왔으니

그렇게 오르다가 돌아서는 그 자리가 어디든

저 산 정상이다

바로 내가 기댄 당신이 정상이다

전영자 · 93세 · 경기도 성남시 분당구 수내동

인생

너무 오래 살았다
어차피 갈 거 여기서 끝내자
어차피 할 일도 하고 싶은 것도 없다
미련 없이 가고 싶다

한상림 · 65세 · 서울시 강동구 둔촌동

부처님 부끄럽사옵니다

미얀마에서 유학 온 여학생에게
책상 앞에 모시고 기도하라고
작은 부처님상을 건네주었다

지가요,
미얀마 집에서는 벽에다 부처님 그림을 붙여 놓고
매일 기도를 하곤 했어요
그런데 제가 옷을 갈아입을 때마다
부처님 미소가 너무도 부끄러워
그만 화장실에 가서
몰래 옷을 갈아입곤 해야 했답니다

PART 3
필 때는 저마다 더디 오더니

〈우수상〉

김용훈 · 73세 · 서울시 서대문구 현저동

봄꽃

필 때는 저마다 더디 오더니
질 때는 하르르 몰려가더라

〈우수상〉

한상준 · 68세 · 강원도 화천군 화천읍

후회

저녁 먹고 가렴
자고 가지 그러니

십수 년 전 내가 그랬듯
오늘 아들 내외는
저녁밥도 자고 가지도 않았다

산으로 가신 어머니께 너무 죄송스럽다

〈우수상〉

양향숙 · 65세 · 서울시 마포구 합정동

동창 모임

한 친구가 소풍을 떠나
이 빠진 것처럼 빈자리가 생겼다

임플란트로도 틀니로도
채울 수 없는 빈자리

김무영 · 65세 · 경상남도 거제시 일운면

이웃 할머니

이웃집 구순 할머니가 쓰러졌다
119에 전화를 걸어 시키는 대로 응급조치를 했다
비가 올 때마다 원망을 한다
뭐하러 날 살려놨노

박영자 · 87세 · 서울시 종로구 내수동

앞바다

아버지 돌아가셔도 눈물이 안 났네

아무도 나를 볼 수 없도록
바위가 가려준 다음에야

아무도 나의 울음 들을 수 없도록
파도가 더 크게 울음 터뜨려 준 다음에야

그제야 굳어진 슬픔 흐느낄 수 있었네

아버지 못 지워 시린 가슴

바람만이 '아빠다, 아빠다' 달래주었네

박유인 · 66세 · 서울시 종로구 평창동

못

젊어서는
남의 가슴에 못 박기보다
내 가슴에 못이 박힐 때
그리고 못을 뺄 때보다
박힐 때가 더 아팠다

늙어서는
내 가슴에 못이 박힐 때보다
남의 가슴에 못을 박을 때
그리고 못이 박힐 때보다
뺄 때가 더 아프다

박창식 · 70세 · 부산시 서구 부용동

안부 전화

괜스레 오지 않는
전화를 기다리지 마라
서운한 맘은 내려놓고
네가 먼저 하면 된다
전화 한 통 없다고
언짢아하지 마라
네가 먼저 건 전화는
몇 통이나 되더냐

김영월 · 77세 · 서울시 도봉구 도봉동

아기 천사

아기의 눈 속에 내가 들어간다
그렇게 작은 호수에
외할아버지를 담고 있다

고요한 작은 우주 속에
내가 감금되어
출구를 모른다

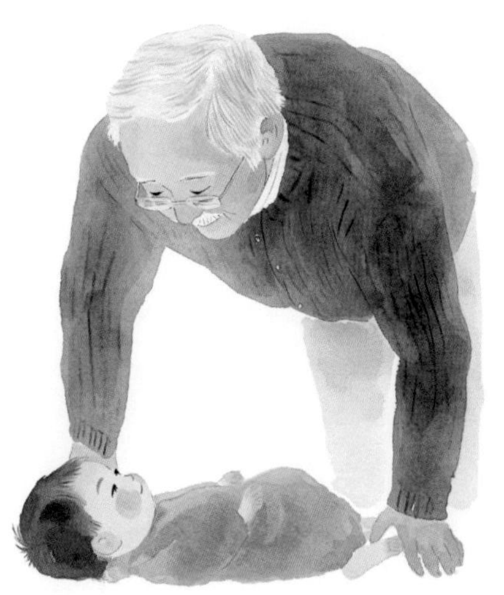

김용화 · 82세 · 경상남도 진주시 초전동

병원

인지능력 검사란다.
세 번 읽어 보여주고 기억하란다
까맣게 생각이 안 난다

누가 내 생각을 훔쳐 갔나
아무거나 찍어 댔다

검사 결과 점수가 정상이란다
옆에서 보던 딸아이 표정이 안 좋다
정상이 나쁜 건가?

내년에 요양 등급 못 받으면 어쩌지?

장영준 · 76세 · 서울시 강남구 삼성동

배려

똑같은 이야기를 세 번째 하는
마누라가 무안해할까 봐
처음 듣는 듯 재미있게 들어 주었다

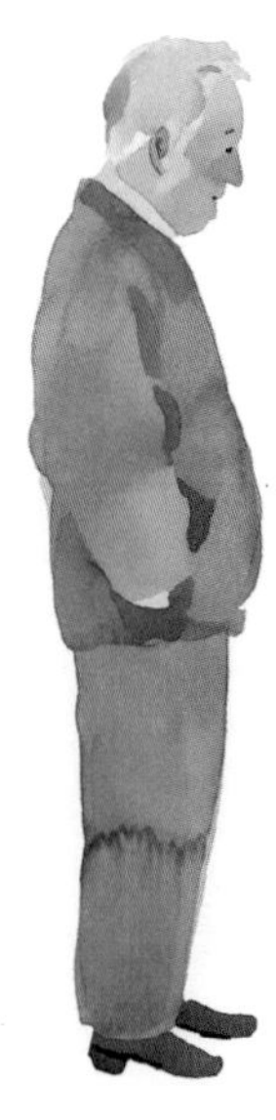

똑같은 이야기를 세 번째 듣는
영감이 까먹은 걸 미안해할까 봐
처음 하는 듯 이야기해 주었다

황선자 · 78세 · 전라남도 광양시 옥곡면

새엄마

"가시나 공부해서 용상에 앉을끼가?"
"학교 가고 싶은데"
"너만 생각해?"
한 마디에 맺힌 응어리

내 나이 봄이 되니
아득히 새엄마 그리워지네

홍세웅 · 81세 · 서울시 강동구 상일동

제인

해병대 외삼촌은 타잔처럼 늘 단도를 차고 다녔다
여女타잔 제인 같은 여자를 늘 데리고 다녔다
제인은 빨간 원피스를 즐겨 입었고
늘 나를 뒤에서 껴안고 볼을 비벼댔다
언젠가 서울역 2층 여관방까지 따라간 날
외삼촌은 용돈 쥐여주며 오래오래 놀다 오랬다

폐허에 놀 데는 없었다

오래오래 놀 데는 더더구나 없었다

나는 오래오래 헤맸다

미군 트럭들이 오래오래 지나갔다

이명숙 · 76세 · 서울시 양천구 신정동

나물 맛 국 맛

무디어진 호미 날 손으로
콩나물국 시원하게 끓이고
참나물 고소하게 볶아서
배고플세라 부지런히 준비한 아침 밥상
영감은 국물만 후르륵 후르륵
맛있다고 한마디 먼저 하면 어때서
'괜찮아? 맛있어?' 물어보니
"나물 맛이고 국 맛이야."

김기철 · 70세 · 부산시 사하구 괴정동

모차르트가 흐르거든

모차르트 피아노협주곡이 흐르거든
잠자리에 든다고 여기게
말러 교향곡이 가득하면
책이나 신문을 읽고 있는 중이네
드보르작의 신세계가 낮게 들리면
글을 쓰고 있다고 생각하게나

설거지할 때는 비발디 사계를
집 안 청소에는 올드팝Old Pop을 흥얼거린다네

강명신 · 68세 · 서울시 강남구 청담동

아이와 노인

아이는
어디서 왔는지 묻는데

노인은
어디로 가는지 묻는다

주난희 · 66세 · 강원도 춘천시 후평동

금기 항목

밤에 휘파람을 불었다
빨간색 펜으로 이름을 썼다
시험 보던 날 미역국을 먹었다
밤에 손발톱을 깎았다

그런데

아직 잘 살고 있다

박광수 · 78세 · 경기도 수원시 권선구 호매실동

옹고집

옹고집 늙은이라 하지 마.

안 들려서 그래.

안부옥 · 89세 · 충청남도 공주시 사곡면

메꾸리*

울 시엄니 큰딸 손자 빚 갚느냐고
며누리 머리 위에 메꾸리 올려놓고
어여 갖다 줘라 손자에 손자 빚 내기 전에
내 새끼들 먹일 쌀인디 안 된다는 말도 못 하고
쌀이 무거운지 맴이 무거운 건지
애꿎은 메꾸리만 주먹으로 때렸네

* 전통적인 한국의 곡식 용기. 주로 쌀을 담거나 운반하는 데 사용되는 바구니나 그릇 형태의 용기.

오충 · 66세 · 세종시 산울동

키오스크

이게 뭐지?
이것저것 눌러보다가
결국 창구에 주문하는
무너지는 노인의 자존심

윤원욱 · 69세 · 강원도 강릉시 홍제동

호미와 지게

평생을 구부리고 살아온 어머니는 호미였고
평생을 짊어지고 살아온 아버지는 지게였다
세월이 흘러 폐허가 된 산골 흙벽돌집 처마 밑에
버려진 호미와 지게는 가족을 지키려 몸부림치던
고된 삶의 궤적이었다.

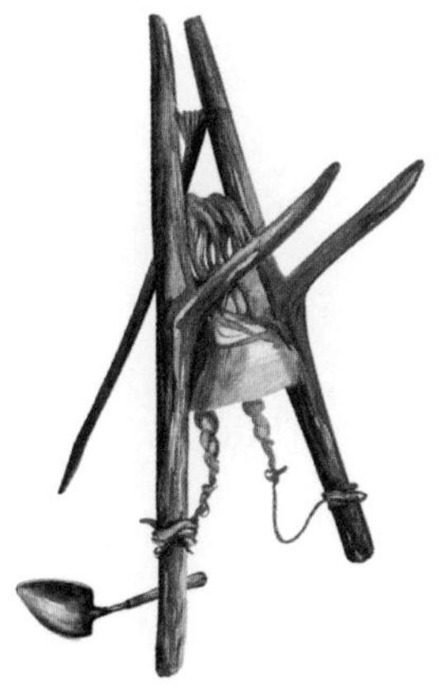

PART 4
꽃은 오래 머물지 않아서 아름답다

〈우수상〉

조규원 · 100세 · 경기도 의왕시 포일동

살아 보니

70세 살아 보니
배운 놈이나, 못 배운 놈이나

80세 살아 보니
있는 놈이나, 없는 놈이나

90세 살아 보니
산 놈이나, 죽은 놈이나

100세 살아 보니

요양 병원에 있는 놈이나, 공원묘지에

있는 놈이나

〈우수상〉

박인숙 · 74세 · 대전시 대덕구 읍내동

간격

자세히 보지 마세요
오래 보지 마세요

자세히 보면 주름투성이
오래 보면 약점투성이

무지개는 멀어서 예쁘고
꽃은 오래 머물지 않아서 아름답고

우리 사이는
적당한 간격으로 인해
편안하지요

〈우수상〉

김화선 · 88세 · 경상북도 고령군 대가야읍

꿈

날마다 꿈을 꾸었다
비행기 폭격 온다꼬
책상 아래 숨으라꼬
피난 가라꼬

90살 되니

그 꿈 안 꾼다

문종두 · 65세 · 경기도 양평군 개군면

이럴 줄 몰랐다

퇴직을 하고 나면
하고 싶은 일만 하고
먹고 싶은 것만 먹고
가고 싶은 곳만 가고
이럴 줄 알았다

홍승애 · 74세 · 서울시 은평구 갈현동

보름달

초저녁 동녘 하늘
붉게 물든 산봉우리
황금빛으로 떠오른 보름달

가슴 철렁했네, 두근거렸네
첫사랑처럼
나를 보고 웃는 것 같아
가슴이 뛰었네

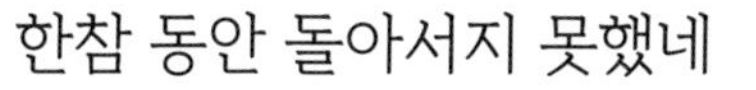

한참 동안 돌아서지 못했네

정진홍 · 67세 · 경상북도 성주군 금수강산면

걸음마 연습

뇌졸중이 와서 후유증으로
손녀와 함께 걸음마 연습을 하고 있다.

손녀는 아장아장 걸음마 연습을 하고
나는 어정어정 걸음마 연습을 한다.

손녀는 두 발로 비뚤비뚤 걷고
나는 세 발로도 비틀비틀 걷는다.

손녀는 두세 발짝만 걸어도
모두 웃고 박수 쳐주는데

나는 열 발짝을 넘게 걸어도

아무도 응원해 주지 않는다.

심창섭 · 75세 · 강원도 춘천시 후평동

바지사장

나는야, 바지사장

가장이라며 폼은 잡아도

TV 리모컨은 언제나 아내 손에

박옥희 · 75세 · 경기도 부천시 원미구 중2동

뭐가 더 있어?

얼음이 얇아지는 심곡천에
외다리로 서 있는 물오리 한 쌍

봄볕에 졸음 겨운 듯
어깻죽지에 얼굴을 묻고

사는 게 별거야
보고 싶은 사람 보고
먹고 싶은 것 먹고
자고 싶을 땐 자는 거야

이창윤 · 71세 · 제주도 서귀포시 중문동

아내의 손길

세상에
이런 길 저런 길
수없이 많다지만
늘 위로받는 길
아내의 손길

장세동 · 71세 · 울산시 동구 화정동

나 어디까지 왔노

어디까지 왔노, 어디까지 왔노
도랑 건너 삽짝 앞에 왔지
누구 집에 왔노? 우리 집에 왔지

눈 떠보니 도랑 건너 우리 집
모두가 헛된 꿈이었네.

나 어디까지 왔노
하얀 갈대 머리 휘날리며
나 여기까지 왔지

이순례 · 70세 · 서울시 강북구 번동

자존심

며느리와 마트에 갔다

어린 손주 기저귀 카트에 담는다

고백하고 담을까 말까

손에 닿는

나의 요실금 패드

김박년 · 67세 · 서울시 강남구 논현동

변비

넣는 것보다
내는 것이 힘드네

탈이 나는 건
덜 먹는 것보다
더 먹는 것에 있으니

움켜쥐느니
놓는 게 편한 거라고

변기에 앉아 용을 쓰면서 알았네.

권영숙 · 81세 · 경기도 고양시 덕양구 행신동

늦는 남편

젊어서는
술값 많이 쓸까 걱정

늙어서는
길에 쓰러졌을까 걱정

노정임 · 80세 · 대구시 달성군 옥포읍

온통 사랑

그땐 몰랐네
수줍은 소년의 사탕 봉지 속 편지

이제 알겠네
주름진 80살 남편의 꽃다발 속 편지
그것은 바로 사랑합니다

이제 알겠네
늦깎이 한글 깨우친 후
나의 인생 까만 글자들은
온통 사랑이었네

한정숙 · 71세 · 대구시 남구 봉덕동

일흔

상품마다 바코드를 계산원이 찍는데
가는 줄 굵은 줄 까만 줄 수십 줄
울던 날 웃던 날 슬프던 날 아프던 날
살아온 내 인생도 바코드를 찍는다면
나이 일흔 바코드는 어떠한 모양일까

김완철 · 67세 · 경기도 남양주시 수동면

흑백사진

사진관 가자고
초저녁 잠든 오남매 깨우시는 아버지

서강대교 비포장 뚝방길을 걷는
오남매 오리 떼가
졸 졸 졸

전차가 서 있는
마포종점
삐거덕대는 사진관
펑 소리에 놀란 막내는 오줌 지린 날

단 한 장 남은 흑백사진은 우리 가족의 역사

김현태 · 80세 · 광주시 북구 매곡동

나의 엄니

어지께*는 하다가도* 맴*이 답답해
뒷뜰 논세밭 딸각다리*에 올라서다가
오른쪽 물팍*을 살짝 접질러 부렀는디
다리까장 애래빠져* 못살것드라야

그래도 느그 아부지만한 사람도 없다
엇저녁에도 따땃한 물수건 맹글어*서
찜질도 해주고 호랭이 연고 발라준께
호강헌 거 맹키로* 얼척없이* 고맙드라
그렁께 느그들도 잘들 살거라잉.

* 전라도 방언 풀이:

어지께: 어제. 하다가도: 너무나. 맴: 마음. 딸각다리: 나무로 대충 만든 간이 다리(나무다리). 물팍: 무릎. 애래빠져: 저리다, 통증이 심하다. 맹글어: 만들어. 호강헌 거 맹키로: 호강한 것처럼. 얼척없이: 매우.

김영현 · 70세 · 제주도 제주시 오라이동

인생

뒤돌아보니
작은 점 하나
남겼네

발자국이었네
그림자였네

그래도 나에겐
큰 산이었네

□ 해설

그럼에도 불구하고
내일을 더 믿어야 합니다

—나태주(시인, 전 한국시인협회 회장)

□ 해설

그럼에도 불구하고 내일을 더 믿어야 합니다

—나태주(시인, 전 한국시인협회 회장)

1

옛 어른들 말씀 가운데 '인생 삼여三餘'란 것이 있습니다. '우리네 인생에는 세 가지 여유로운 시간이 있다'란 말입니다. 첫째로 하루 중 여유로운 시간은 저녁 시간. 1년 중 여유로운 시간은 겨울철. 일생 중 여유로운 시간은 노년. 하지만 이것은 당위當爲일 뿐이지 실재實在가 아닙니다. 마땅히 그런 건 그런 것이고 실재는 우리 자신이 노력해서 만들어야 한다는 것입니다.

1920년생 김형석 박사님. 올해로 만 나이, 105세가 되시는 김형석 박사님도 말씀하셨습니다. 당신이 살아보니 인생의 황금기는 60세부터 75세까지라고. 그런데 그분은 지금도 여전히 대중 앞에서 강연하시고 또 새로운 글을 쓰시기도 하고 책을 내시기도 합니다. 놀라운 모범이고 놀라운 선행先行입니다. 마땅히 지혜로운 자이를 따르고 배우고 함께 해야 할 일입니다.

작년에 이어서 올해도 제가 (사)한국시인협회와 한국노인종합복지관협회가 공동 주최하고 문학세계사가 주관한 '제2회 짧은 시 공모전'에 응모된 작품들을 심사하는 영광을 가졌습니다. 심사일은 2025년 4월 1일. 서울의 문학세계사 사무실에서 원로 시인인 김종해 선생과 한국시인협회 김수복 회장과 함께 심사에 임했습니다.

미리 예심을 거쳐서 올라온 작품 107편 가운데 77편을 고르고 그 가운데서 12편의 입상작을 고르는 지난한 작업이었습니다. 실무를 맡은 분들의 말을 들어보니 올해 응모작이 총 8,500여 편이었다고 합니다. 이는 작년에 비해 폭발적으로 늘어난 어마어마한 응모작 편수입니다. 그만큼 우리나라 노인층 어른들의 문학에의 열기, 특히 시 창작의 열기가 높다는 걸 알려주는 일이라 여겨집니다.

작품마다 블라인드 처리했으므로 이름을 알 수가 없었고 심사자가 다만 알 수 있는 정보는 응모자의 나이였습니다. 응모 규정에 65세 이상의 어른이면 누구나 응모 가능하다 했다는데 이번에 응모하신 어른들 가운데는 90세 넘는 분들도 많았고, 수상자 중에서 100세 되시는 어른도 있었습니다. 놀라운 일입니다. 그만큼 이 행사에 관심이 많아진 것이고 그만큼 나이 드신 어른들의 정신세계가 건강해진 증거라 하겠습니다.

세심한 예심을 거쳐서 올라온 작품이라 그랬는지 작품의 수준이 매우 높았습니다. 본심에 올라온 107편 가운데 77편을 추리는데 어떤 작품을 솎아내야 할까, 세 사람의 심사위원은 오랫동안 머리를 맞대고 논의를 거듭했습니다. 그런 다음 다시 12편의 입상작을 고르는 데는 더더욱 오랜 시간을 끌어야 했습니다. 이러한 과정을 통해 심사위원 공통의 의견은 '이번에 응모한 작품의 수준이 많이 높아졌다'였습니다.

마땅히 함께 기뻐할 일이고 감사할 일입니다. 노년을 사시는 분들에게는 젊은 분들이 갖지 못한 삶에 대한 경륜이 있고 지혜가 있습니다. 또한 인생을 꿰뚫어 보는 통찰洞察이 있을 수 있습니다. 그걸 그냥 묵혀두는 일이 아까운 일입니다. 드러내어 스스로도 확인하고 이웃들과도 나누고 보다 젊은 세대들에게도 남겨주어야 할 일입니다. 그런 방법 가운데 하나가 짧고 간결한 시 문장의 형식으로 표현하는 것이라 생각합니다.

2

난형난제難兄難弟란 말이 있듯이 107편에서 77편을 고르고 거기서 다시 12편을 고르고 대상 1편과 최우수상 1편을 고르는 일은 매우 어려운 일이었습니다. 그러면서도 그것은 평가자나 작품을 읽는 분들 입장에 따라 얼마든지 달라질 수 있는 일이었습니다. 하지만 세 사람 심사위원의 공동의견, 공동선을 바탕으로 합의점에 이르도록 노력했습니다. 응모하신 분들이나 책을 읽는 분들께서도 이점 널리 이해해 주시면서 읽어주실 것을 믿습니다.

저렇게 지는 거였구나
한세상 뜨겁게 불태우다
금빛으로 지는 거였구나

—이생문 「저녁노을」, 73세

간결의 극치입니다. 좋은 시는 제목이 본문에 들어 있지 않은 시입니다. 그런 점에서 이 작품은 시 작품으로서도 빼어난 문장입니다. '저녁노을'을 보면서 인생을 연상한 것이고 그 연상을 통해 인생의 본질을 유추해 낸 것인데 이야말로 인간만이 가능한 아름답고 숭고한 능력입니다. 인생의 종점에 가까워지고 있는 사람의 대 긍정을 읽기도 합니다. 하루의 종말과 소멸인 저녁노을을 보면서 '금빛'을 창안해 낸 그 마음이 역시 '금빛'입니다. 대상으로 뽑혔는데 그럴만하다 싶습니다.

오월이면
하얗게 핀 찔레꽃
어머니가 거기 서 있는 것 같다
엄마하고 불러보지만
대답 대신 하얗게 웃는다
언제나 머리에 쓰던 하얀 수건
엄마는 왜 맨날 수건을 쓰고 있었을까
묻고 싶었지만
찔레꽃 향기만 쏟아진다

—김명자 「찔레꽃 어머니」, 85세

아름다운 유년의 추억입니다. 세상에서 가장 처음 만난 육친이요 세상에서 가장 좋은 육친인 어머니에 대한 추억을 쓰셨습니다. 시의 표현 가운데 가장 중요하고도

유용한 표현법이 의인법과 대화법이라고 생각하는데 그 가운데 의인법을 극대화해서 쓰셨군요. '찔레꽃'이 '어머니'이고 '어머니'가 또 '찔레꽃'입니다. 이런 데서 인간과 자연의 소통이 열리고 측은지심이 허락됩니다. 자연과 인간이 하나의 나라에서 만나 평화로운 한 세계를 이룹니다. '대답 대신 하얗게 웃었다'란 표현은 날아갈 듯 삽상颯爽한 표현입니다. 그래서 이 작품은 최우수상을 받을 만합니다.

젊어서 그렇게 애를 먹이던
영감 때문에
철교에서 몇 번이나 뛰어내릴라 캐도
자식들 눈에 밟혀 못했다

그래도 어제 요양 병원에 가서
영감한테 뽀뽀했더니
영감이 울었다

—현금옥「영감 생각」, 90세

입에서 나오는 말, 입말 그대로를 받아 썼습니다. 그러므로 약간은 투박하나 진솔하고 진심이 그대로 전달

됩니다. 경상도 지방어가 그대로 시의 문장에 나와 있군요. 그 또한 시의 분위기를 박력 있게 힘차게 몰고 가는데 기여합니다. 스케일이 크지 않지만 일생이 들어 있는 글입니다. 그렇습니다. 좋은 글이란 이렇게 작은 그릇 안에 보다 많은 시간과 공간과 의미를 담아낸 글입니다. 5행의 '그래도'에서 내용이 바뀝니다. 앞부분의 갈등 구조를 급회전하여 화해 무드로 전환시킨 것입니다. '울었다'란 마지막 표현이 재미있습니다. 글 속에서 울고 있는 주인공이 독자를 웃게 만드니까요.

당신을 혼자 보낸다고
당신이 혼자인 건 아니지요

내가 혼자 남았다고
내가 혼자인 건 아니지요

그곳에 내 마음이 있고
이곳에 당신 마음이 있으니까요

—김맹환 「마음」, 70세

매우 애잔한 글입니다. '당신'. 가장 좋은 사람인 당신이 떠났는가 봅니다. 둘이 함께 있다가 하나가 떠나간 자리에 하나가 남았습니다. 떠나간 하나를 생각하며 남은 하나가 말을 합니다. 혼자 보낸다 해도 혼자 보내는 것이 아니고 혼자 남는다 해서 혼자 남는 것이 아니라고. 그러면 무엇이 두 사람을 각각 혼자이게 하지 않았을까요? 마음입니다. 마음이 있기에 가는 사람도 혼자 가는 게 아니고 남은 사람도 혼자인 게 아닙니다. 범상한 내용이지만 마음에 울림으로 남는 것은 동병상련의 아픔이 우리에게 있기 때문입니다. 그렇습니다. 우리 함께 씩씩하게 견디며 남은 생을 사랑하며 살아갈 일입니다.

문안 전화 받으면서
나는 잘 있다
느그나 잘 있거라

수화기 내려놓으면서 아이고 죽것다

—전형수 「거짓말」, 77세

부모의 마음 그대로입니다. 자식 잘되기만 오로지 바라며 사시는 부모님. 오래전 우리 부모님 마음이 그랬고 또 오늘날 우리의 마음이 그렇습니다. 사랑은 오로지 아래로 흘러간다는 말이 있지요. 부모 마음을 어찌 자식이 알 수 있을까요? 사뭇 심각한 내용을 짐짓 코믹하게 표현하였습니다. 그렇지요. 심각한 것도 지그시 누르고 심각하지 않은 것으로 바꾸는 마음. 인생의 여유이고 마음의 능력이고 해학의 아름다움입니다. 이러한 능력이 천국이 아닌 우리의 삶을 천국의 삶으로 바꾸어 줍니다.

> 필 때는 저마다 더디 오더니
> 질 때는 하르르 몰려가더라
>
> —김용훈 「봄꽃」, 73세

한 문장으로 된 시, 단시 가운데 단시입니다. 이렇게 한 문장으로도 시가 된다는 것은 놀라운 일입니다. 반복과 병치로 문장이 구성되어 있습니다. 뿐더러 대칭으로도 되어 있습니다. '필 때'와 '질 때' '저마다'와 '하르르' '더디 오더니'와 '몰려가더라'. 자칫 단조롭고 상식적일 수 있는 삶의 한 곡절을 매력적으로 펼쳐 놓았습니다. 조그만 그림이지만 깊고 아름답습니다. 왜 그럴까요? 그 안에 인생의 애환을 숨겼기 때문입니다. 오는 것도 어쩔 수 없고 가는 것도 어쩔 수 없을 때 우리는 그 질서에 순응하면서 스스로 아름다움을 찾을 줄 알아야 하겠습니다. 이 작품 역시 시의 제목이 본문 안에 들어 있지 않다는 것이 장점입니다.

저녁 먹고 가렴
자고 가지 그러니

십수 년 전 내가 그랬듯
오늘 아들 내외는
저녁밥도 자고 가지도 않았다

산으로 가신 어머니께 너무 죄송스럽다
—한상준 「후회」, 68세

오늘의 자식에게서 자신의 옛 모습을 보면서 '후회' 하는 내용입니다. 집집마다 흔히 있을 수 있는 삶의 삽화입니다. 이렇게 인간의 깨달음과 진실은 느리고 멉니다. 하지만 우리가 다시 젊은 나이로 돌아가도 여전히 그런 실수와 오류를 저지를 수밖에 없다는 것이 우리를 안타깝게 합니다. 어쩔 수 없는 인간의 한계입니다. 지긋이 가슴을 눌러 한숨을 삼키면서 먼 과거를 향해 고개를 숙입니다. '잘못했습니다, 어머니. 저희가 너무나 어려서 어머니 마음을 헤아리지 못했습니다.' 이제 후회와 반성은 아들 내외의 것이 아니라 우리의 몫입니다.

날마다 꿈을 꾸었다
비행기 폭격 온다꼬
책상 아래 숨으라꼬
피난 가라꼬

90살 되니
그 꿈 안 꾼다

—김화선 「꿈」, 88세

이 글 안에도 일생의 삶이 들어 있습니다. 그러기에 나는 가끔 '모든 글은 자서전'이란 말을 하기도 합니다. 육두문자肉頭文字처럼 내뱉은 문장이지만 그 안에 한 사람의 생애와 진실이 들어 있습니다. 아닌 게 아니라 조금 길게 살다 보면 두 번 생애를 산 것 같은 느낌이 올 때가 있습니다. 이 글의 주인공도 그렇습니다. 지나간 날의 아픔을 이제는 아무렇지도 않게 돌아보면서 담담해 합니다. 역시 세월은 좋은 것이고 오래 견디며 살아남고 볼 일이기도 합니다.

한 친구가 소풍을 떠나
이 빠진 것처럼 빈자리가 생겼다

임플란트로도 틀니로도
채울 수 없는 빈자리

—양향숙「동창 모임」, 65세

역시 해학이 들어 있는 작품입니다. 동창 모임에서 친구 한 사람이 세상을 떠난 것을 '한 친구가 소풍을 떠' 났다고 표현하고 있습니다. 여전히 마음은 학창 시절에 머물고 있는 사람의 이야기입니다. 그렇지요. 동창회에 나가면 나이나 사는 형편을 떠나 오직 옛날 학교 다니던 시절로 돌아가 그 이야기만 하고 옛날처럼 행동하면서 시간을 보내는 것이 우리들입니다. 또 그것이 동창회의 매력이기도 하고요. 한 사람씩 세상을 떠나 빈자리가 생기는 동창회. 나중에는 오지 못하는 동창들이 너무 많아 동창회를 아예 하지 못할 때가 올 것입니다. 인생의 페이소스(비애)를 느끼게 하는 글입니다.

고기는 있는데 치아가 없다

시간은 있는데 약속이 없다

자식은 있는데 내 곁에 없다

추억은 있는데 기억이 없다

—정남순 「무슨 소용 있나」, 77세

역시 노인의 삶과 형편을 반복 병치로 표현했습니다. 자칫 기계적이고 단조로울 수도 있는 글 구조지만 내용의 절실함으로 이를 극복했습니다. 어쩌면 이렇게 노인의 결핍만을 찾아내어 나열할 수 있을까요. 나도 가끔은 젊은이들에게 말하곤 하지요. '고기도 먹고 싶을 때 먹고 술도 마실 수 있을 때 마셔라. 머지않아 고기 먹지 못할 때가 오고 술 마시지 못할 때가 온다.' 지나간 일은 한결같이 아쉽고 그리울 뿐입니다.

70세 살아 보니
배운 놈이나, 못 배운 놈이나

80세 살아 보니

있는 놈이나, 없는 놈이나

90세 살아 보니
산 놈이나, 죽은 놈이나

100세 살아 보니
요양 병원에 있는 놈이나, 공원묘지에 있는 놈이나
—조규원 「살아 보니」, 100세

이번에 응모하신 어른 가운데 100세로 가장 연세가 높은 분의 글입니다. 그런 의미가 있기도 하지만 글 속에 있는 눈부신 통찰력 때문에 우수상으로 모신 작품입니다. 보시다시피 점층법으로 글이 되어 있습니다. 70세에서 100세까지. 차례로 살아 보니 그렇더라는 말씀입니다. 어투도 투박합니다. '놈이나' '놈이나' 아무렇게나 내뱉는 듯한 어투지만 100세 되는 어른이시기에 무리 없이 통한다고 봅니다. 100세 되는 어른이 이런 글을 쓰셨다니 놀라운 일입니다. 뒤따르는 어른들도 용기 잃지 말고 짱짱하게 100세까지 잘 사셨으면 합니다.

자세히 보지 마세요
오래 보지 마세요

자세히 보면 주름투성이
오래 보면 약점투성이

무지개는 멀어서 예쁘고
꽃은 오래 머물지 않아서 아름답고

우리 사이는
적당한 간격으로 인해
편안하지요

—박인숙 「간격」, 74세

실은 이 시의 부제가 '꽃/ 나태주를 패러디함'으로 되어 있어서 내가 선에서 제외한 작품입니다. 선자 가운데 한 사람의 이름과 시 작품을 패러디한 부분이 들어있으니 당연히 기피의 대상이었습니다. 하지만 두 분 심사위원의 칭찬과 강권에 의해 우수작 한자리로 모신 작품입니다. 대신, 발표할 때 부제는 삭제하는 것이 좋겠다는 의견이 있었습니다. 전반부(1연에서 2연)는 패러디지만 후반부(3연에서 4연)는 그것을 딛고 자신의 이야기를 하고 있습니다. 인간과 인간 사이에 '간격'이 필요함을 강조하기 위해 전반부의 패러디가 필요했던 것입니다.

3

책에 실리는 77편에 대한 모든 평을 해드릴 만한 지면이 없어 이만 작품 하나하나에 대한 해설을 마치면서 이번에 응모한 작품 전반에 대한 몇 가지 소감을 남기고자 합니다. 앞에서도 말씀드렸듯이 이번 행사에서는 세 가지 측면에서 좋은 변화가 있었습니다. 작품 수의 증가. 작품 수준의 증가. 응모하신 어른들 나이의 증가. 매우 좋은 일이고 이런 행사가 앞으로 지속 가능하고 발전 가능하다는 것을 알려주는 좋은 증표입니다.

다만 아쉬운 점은 지나치게 현실을 직시하고 고지식하게 시를 쓰셨다는 것입니다. 어쩌면 시 쓰기는 대상을 거꾸로 보는 데서부터 출발한다고 봅니다. 밤에 왜 불을 켤까요? 어둡기 때문에 불을 켭니다. 필요가 있어서 그런 것이지요. 그처럼 노년의 어른들에게 좀 더 필요한 것은 무엇일까요? 여유이고 낭만이고 해학입니다. 그럼에도 불구하고, 네버 더 레스Never The Less입니다.

그럼에도 불구하고 우리는 살아야 하고, 그럼에도 불

구하고 우리는 음식을 먹어야 하고, 그럼에도 불구하고 우리는 사랑의 마음을 가져야 하고, 그럼에도 불구하고 우리는 내일을 믿어야 하고...... 진정으로 우리 노년들에게 필요한 것은 마음의 통정성通整性입니다. 인생 전체를 관통하여 돌아다보면서 모든 자신의 삶을 인정하고 용서하고 그리고는 제자리로 돌려보내는 마음이 그것입니다. 그러할 때 좀 더 여유로워지고 좀 더 긍정적으로 되고 스스로조차 용서할 수 있는 용기가 생겨날 것이라 믿습니다.

발행일
초판 1쇄 2025년 5월 1일

지은이 이생문 외
그림 김우현
펴낸이 김종해
펴낸곳 문학세계사
출판등록 1979. 5. 16. 제21-108호

주소 서울시 마포구 신수로 59-1(04087)
대표전화 02-702-1800
팩스 02-702-0084
이메일 munse_books@naver.com
홈페이지 www.msp21.co.kr

ISBN 979-11-93001-67-7 03810